I0682702

Contraste insuffisant
NF Z 43-120-14

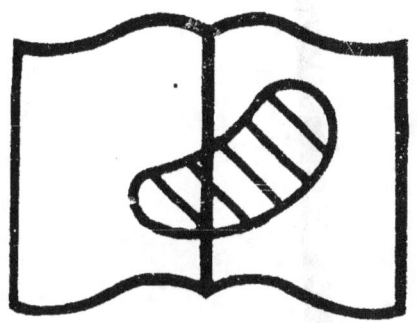

Illisibilité partielle

Valable pour tout ou partie
du document reproduit

Couvertures supérieure et inférieure
manquantes

Abbé Ulysse Chevalier

(Bulletin d'histoire ecclésiastique et d'archéologie religieuse des diocèses de Valence, Digne, Gap, Grenoble et Viviers.)

5ᵉ année, 3ᵉ livraison supplémenta

(1885.)

DOCUMENTS

RELATIFS

AUX REPRÉSENTATIONS THÉATRALES

EN DAUPHINÉ

de 1483 à 1535.

TAULIGNAN .

*Archives de la commune de Taulignan, registre 16 de la série CC
(archives départem. de la Drôme, E. 5986).*

S'ensuit la mise et despance faicte par... Frances Gambus et Guillaume Giraud, alias Darut, consulz sive sindegues de Taulinham, et ce pour l'an mil Vᵉ XXIX 1.

Plus aven delivra en aquelles que joyueron la Passion, lour aven bailla . . . . xx fl. 2.

VALENCE

(Suite et fin).

C'est le compte que rendt Fran. Giroart et Anthoine Champel, sindics de Valence, pour l'an mil IIIJᵉ XXV, le xiiijᵉ jour d'octobre 3.

Item, paié a Michel le tisserant, du conseil des conseilliers, le ix de septembre mil IIIJᵉ XXVJ, pour la despence que avoit fait les compaignons de Romens, quant vindrent jouter en Vallence, inclus ij aulnes de drap roge que leur donna la ville pour jouter . . . . viij ff.

Abis

C'est le compte de Anthoine Meisson et de Jehan de Crest, sindics de Valence, pour l'an commencant a la saint Marc mil IIIJᵉ XXXVIJ 4.

Item, aux compaignons qui jouerent le mistere de saint Jaques a la place des Clercs . . . . iiij ff.

1. 2ᵉ cahier, fᵒˢ 6 et 18.
2. *En marge* : Lo joué.
3. CC. 27, fᵒˢ 46 rᵒ et 54 vᵒ. — 4. *Ibid.*, fᵒˢ 220 rᵒ et 224 vᵒ.

*C*bis

Deliberationes facte in dom.o civitatis super cubilibus, pro provisione domini marquisii de Saluciis ac honore et muneribus sibi impendendis, in adventu suo ad presentem civitatem, die quarta mensis februarii, anno Domini millesimo IIIJ^e LXXXIX° *(1490)* **1.**

Ibidem convenerunt . . . . **2.**

Fuit deliberatum quod perquirentur sex lecti mangni et sex parvi et cooperte submenciunate, pro provisione domini marquisii et domine marquisie de Saluciis **3**, et ad perquirendum fuerunt commissi Reymundus Leveti et Humbertus de Sancto Amore; et quod dentur causa loquerii pro lecto magno cum una lodice et una coperta seu duabus coopertis ubi defficeret laudex, pro quolibet mense octo grossos, et pro parvo lecto cum una cooperta pro quolibet mense quatuor grossos, et solvatur loquerium pro primo mense ante magium ; et quod Geraudus Berthelays de solvendo loquerium et restituendo cubilia suum faciet proprium debitum, nomine proprio propterea se obligando, quod facere convenit, hoc mediante quod plures ex prenominatis se sibi obligarunt pro scrvacione indempnitati sue; et quos ipse Berthelays ut scindicus, etiam Humbertus de Sancto Amore conscindicus, et dictus Marcialis (Farnerii) vice scindicus, nomine communitatis a predictis obligacionibus videl. indempnes servare promiserunt, constantibus notis per me receptis.

Item fuit deliberatum quod in adventu dom^i marquisii seu dom^e marquisie adheatur obviam eis et, dum fuerint applicati, presentetur realiter sibi munera de duabus duodenis tedarum cere, cum una duodena.bostiarum dragie et duobus ponsonis vini, uno albo et altero clareto, quolioet tenoris quinque aut sex barralium.

*E*bis

S'ansuyt les comptes que je, Marsal Farnier, tresorier, ay receu pour la ville de Vallence l'année mil IIIJ^e LXXXXIJ **4.**

5 Plus, que j'ey poyé a meistre Andrieu l'escripvein **6**, pour une moralité qu'il fist pour la venue de monsieur de Valence, conste par deliberacyon, que monte . . . . ff. IIIJ g°

7 Plus que j'ey poyé audit Girault de Combes, pour la tara de deux ve-

---

1. *BB. 2, f° 254 (253) v°.* — 2. *F° 255 (254) r°.*
3. *Louis II, né en 1438, devint marquis de Saluces à la mort de son père Louis Ier, décédé le 8 avril 1475* (Monum. historiae patriae, *1848,* Script. t. III, c. *1072*); *il testa à Saluces le 6 févr. 1498* (MORIONDUS, Monum. A-quensia, *1790, t. II, p. 514-5) et mourut à Gênes le 27 janv. 1504 (Ang.* REMONDINI, *dans* Giorn. Ligustico di archeol., storia e belle arti, *1875, t. II, p. 218-24). Il avait épousé Marguerite, fille de Jean de Foix, comte de Candalle par sa femme, qui testa le 7 janv.1533* (ANSELME, Hist. de la mais. de France, *t. III, p. 383).*
4. *CC. 36, 5e cahier.* — 5. *F° iiij.*
6. *Rien, dans les dates connues de la vie d'*Andrieu *ou* André *de la Vigne,* (PETIT DE JULLEVILLE, Mystères, *t. I, p. 328-9), ne s'oppose à le reconnaître dans l'escripvein de moralités ici mentionné.* — 7. *F° vj v°.*

seaux vin blanc claret, qu'il vandit a la ville pour la venue de monsieur
de Valence, lequel vin ne primes pas, pour ansy n'en poyé pour ladite
tara . . . . ff. vj g°

1 Plus, que j'ey poyé ledit an, pour un drapt rouge que la ville fist venir de Lyon pour la venue de monsieur de Valence, tirant viiij aulnez,
que a xv g° de roy l'aune et ung cirot pour aulne poyé a Jaques de Salles
pour la victura et reve dudit Lyon, monte . . . . . ff. xiiij g° vij d. xvj.

Plus poyé ledit an, pour viij aulnez dymie taphetas turquin, que la
ville fist venir auvecques ledit rouge, pour la venue de mondit seigneur,
a ij fl. ladite aune . . . . ff. xvij g° 2.

K

Deliberaciones facte in domo comuni civitatis Valencie, die viiij mensis
maii, anno Domini mill'io CCCC° LXXXX sexto 3.

Ubi erant . . . scindici necnon consiliarii dicte comunitatis. . . . . . .

Super dono serenissimi domini nostri Francorum regis dalphini Caroli octavi.

Fuit deliberatum per quos supra quod fiat donum domino nostro regi
dalphino, in ejus jocundo adventu, de ducentum scutis, tam in octo peciis
auri ad arma dalphinalia, quelibet viginti scutorum, quam in una tacea
argenti xl. scutorum bene deaurati, in qua erunt reposite dicte octo pecie
auri ; et quod tacea fiat parve forme, ut melius in ea se monstrent dicte
octo pecie auri.

Pro custodia portarum. — Item fuit deliberatum quod custodiantur
porte civitatis, excepta porta Burgi, et quod scindici procurent de uno
personagio in qualibet porta et conveniant cum eo pro quolibet mense ; et
quod mandator mandet unum alium personagium per turnum ville in
qualibet porta, cum ordinatione ad stipendia consueta.

Item, quod pro adventu domini fiat provisio de quindenis fascibus, quelibet precio trium grossorum, et apponantur arma ville in illis ; et quod
retineantur alti mimi loci Montilisii 4.

Item, quod scindici explorent a nominatis in quodam rotulo penes Ay-
marum de Columberia remanente quantum quilibet pro adventu Regis
poterit numerare, et quando defuerit quod scindici cum Johanne de Combis,
Glaudio Ploverii, Francisco Mistralis, Marciali Farnerii provideant mo-
netam de precio comunitatis quo poterit fieri.

1. F° x v°.
2. En marge : Remaneant pannum et taffatas in manibus Poncii Mayaudi, sindici, ad utilitatem civitatis, quem pannum et tafatas idem se ha-
buisse confessus fuit.
3. BB. 2, f° 419. Cf. Ollivier (Jules), dans Rev. du Dauphiné, l. c., p. 205-
6 (ix-x).
4. Montelier, commune de l'arrondissement de Valence (à 11 kilom.).

L

1 Notandum quod, anno Domini millesimo quingentesimo undecimo et die martis prima mensis jullii, xpistianissimus dominus noster rex Ludovicus et Anna, cristianissima ejus contoralis, supremi nostri principes, eorum jocundum adventum fecerunt in civitate Valencie per portam Turdeonis, usque domum episcopalem, et fuerunt honorabiliter recepti per consules et cives Valencie, primo ante et supra locum Burgi in lictore Roddani et prope pratum Ludovici de Salhiente; et facta fuit arrenga per dnum Reginaldum de Florido, curatum. Quos commictabantur illustri principes et proceres, dominus Karolus de Angolisma, dux Angolisme, dux Lotorongie, comes Nyvernensis, comes Vandosme, dominus de Vaulgonot, dominus d'Orval, comes Longue Ville et Dunensis, dominus Borbonii et ducecia, cardinales Ferrarie, Sancti Severini archiepiscopi Viennensis, cardinalis Prie, tam nobiles quam archiepiscopi et episcopi, quorum numero civitas fuit replecta, et dicebatur contineri decem millia equites : qui principes mansionem fecerunt usque xvij augusti, ipseque bonus princeps infirmos *des escrueles* duobus diebus curavit.

Deliberacio facta in domo civitatis, die xiiij augusti quingen. undecimo 2.
Et primo quia Petrus Robert, videns civitatem in promptu non habere peccunias pro conducendo Reginam apud Lugdunum, se obtulit nomine et ad honorem civitatis conducere eamdem dominam nostram Reginam et furnire omnia neccessaria, proviso quod civitas det sibi decem scuta auri : fuit deliberatum et conclusum quod, non obstante paupertate civitatis, quod consules ipsam dominam nostram conducant, ad fines ut honor perpetuus civitatis remaneat, et quod fiat rotulus super apparentes ad manulevandum peccunias, qui remboursabuntur de primis peccu(n)iis civitatis.

M

Deliberationes facte in domo civitatis, xxijda mensis novembris quingen. decimo quinto 3.
Et primo, quia voce publica fertur serenissimam principem nostram reginam 4 ad presentem civitatem venire de proximo, et pro ipsam una cum ejus generosa propagine, non quantum debeatur, sed quantum potest recipiendum faciendumque neccessaria, fuerunt commissi consules, una cum

1. F° 12 v°.
2. F° 15. *Dans la délibération du 31 janv. 1512 (n. st.), il est encore question de la conduite de la reine Anne à Lyon :* Johannes de Cumbis... de recompensacione data per d. n. regem pro voytura d. n. regine de xx modiis salis, videl. IXe flor., proviso quod super eisdem sibi computentur C scuta auri ad solem, comunitati per ipsum mutuata pro jocundo adventu d. n. Francorum regis (f° 23 r°).
3. *Ibid., f° 88 v°.* — 4. *Louise de Savoie, régente de France depuis le mois de juillet ; son fils, le roi François Ier, etait alors en Italie.*

nobilibus Francisco de Bello Castro, Achileo de Cumbis, Francisco Mistralis,Johanne Jobert, ad omnia et singula neccessaria neccessario fienda.

Item fuit deliberatum quod proclametur, auctoritate domⁱ episcopi et ad
consulum instanciam, quod quilibet habeat removere imundicias, trabes,
fustes in carreriis existentes et quod nullus habeat proicere imundas
aquas, quodque habitantes animalia fetida, sicuti porcos, capreas, vaccas
et alia, habeant extra civitatem removere et aufferre et ir. campestris re-
trahere, adeo ne aliqua molestia inferatur tante nobili principi, unusque
aliquis de civibus conqueratur ; et pro premissis exequtioni deducendis
fuerunt commissi et depputati : Guillermus Borcerii,Johannonus Chaloys,
mercatores Valencie.

N

Deliberationes facte in domo civitatis, die xvj mensis januarii 1515 *(1516)*,
ad sonum campane 1.

Super venuta regis et regine, quod alloquatur cum apparentibus civitatis de modo habendi peccunias et alias, prout consul melius facere poterit.

Deliberationes facte in domo civitatis, die xix mensis januarii 2.

Et primo quia, ut fertur, serenissimus princeps dominus noster Franciscus, Francorum rex, una cum sua contorali a proximo sunt venturi et ad
fines veritatem sciendi, fuit deliberatum mandari apud Stellam et inde ad
partes Provincie Raymondum de Sala aut Giraudum Lambert,filium Guil-
lelmi Lambert ; et quia pro faciendo intratam neccesse erit peccunias ma-
nulevare, quia civitas in totum ad presens non habet. . . . .

Deliberationes facte in domo civitatis, die xxij mensis januarii 3.

Et primo,quo ad jocundam intratam et venutam serenissimorum nostrorum principum de novo venturam, et quia comunitas in promptu non habet unde furnire . . . .

Item et quo ad cetera neccessario fienda pro dicta intrata,que eciam in-
genuositatem requirunt ultra furnimentum peccuniarum, ut quilibet sen-
ciat honorem et comodum, fuerunt commissi nobilis Franciscus de Bello-
castro, Achiles de Cumba, Johannes Jobert, una cum Francisco Mistralis,
qui circa farcesias, moriscas, pavimenti ornamenta vigilent et alios eorum
jussu laborari et invigilare precipiant.

Deliberationes facte in domo civitatis, die secunda februarii 4.

---

1. Fº 93 rᵒ. Cf. OLLIVIER *(Jules)*, *dans* Rev. du Dauphiné, *l. c., p. 208-9*
(xiv-v). *D'après le* Journal de Louyse de Savoie, *François Iᵉʳ rencontra sa*
mère près de Sisteron, le 13 janvier 1516 ; le 3 févr. suiv., il était à Taras-
con. Le 4 de février, *continue Louise,* à six heures après midi, 1516, mon
fils fit son entrée à Avignon, et le 11 à Montlymard, et le 14 à Valence
(MICHAUD *et* POUJOULAT, Mém. relat. à l'hist. de France, *t. V, p. 90) ; le 23,*
il était à Vienne. — 2. Fº 93 vᵒ.
3. Fᵒ 94 rᵒ. — 4. Fᵒ 94 vᵒ.

Et primo, quia ad presens civitas non habet in comuni unde subvenire intrate ser nissimorum principorum nostrorum regis et regine de proximo in civitate presenti celebrande . . . .

Deliberationes facte in domo civitatis, die nona februarii 1.

Item, quod in nova intrata domini nostri regis dalphini confirmentur libertates civitatis 2 et quod prosequatur exemptio gencium armorum, et pro premissis fiendis dentur dona ad?discrectionem consulis.

Item quo ad portationem paliorum regis et regine fuerunt electi, videlicet pro rege consul Fabri, nobilis Johannes de Genasio, Achiles de Cumbis et Franciscus de Bello Castro,et pro palia regine Petrus Joberti,Franciscus Mistralis, Johannes Sextoris et Giraudus Lamberti.

Item, quo ad dona neccessario fienda officiariis diversorum statuum, fuit deliberatum quod dentur prout alias fuerunt donata in intrata bone memorie Ludovici regis ultimo victa functi, ad discrectionem consulis.

FRANCISCUS REX PRIMUS 3. — Ad cunctorum noticiam eluscescat quod, anno Incarnacionis Dominice millesimo quingentesimo decimo quinto et die jovis decima quarta mensis februarii *(1516)*, serenissimus princeps et dominus noster dom. Franciscus, Dei gracia Francorum rex dalphinus, una cum clarissima domina Glaudia ejus conthorali 4, ac inclita domina Ludovica, regens Francie, genitrix ejusdem domini, pariter venustissima ac supramodum decora domina ducessia Alansonis 5, dom* dux Alensonis 6, dux Gebennensis 7, cum pluribus proceribus regni, supremoque magno consilio ac cancellaria regia, intraverunt civitatem Valencie, hora circa quarta post meridiem. Quibus obviam accesserunt plures ex dominis apparentibus civitatis, econtra iter tendens apud Stellam, et in itinere arengam brevem licet perspicacem eidem domino nostro regi fecit egregius dom* Antho(n)ius de Dorna, jurium doctor 8, ex parte consulum electus, presente me.   DE CONCHIIS, secretarius.

Deliberationes facte in domo civitatis, die decima sexta februarii quingentesimo XV 9.

Item fuit deliberatum dari serenissime domine regenti Francie, ut interveniat pro nobis erga regem, videlicet usque ad valorem centum scutorum auri in duabus medalhiis.

---

1. F• 95. — 2. *François Ier expédia en effet de Lyon, en mars 1515 (v. st.), des lettres patentes confirmatives des privilèges fiscaux des Valentinois (J.* OLLIVIER, *Essais histor. sur Valence, p. 305).*

3. F• 95 v•. — 4. *Claude, fille de Louis XII. mariée à François Ier le 18 mai 1514.* — 5. *Marguerite d'Angoulême ou de Valois, sœur de François Ier, duchesse d'Alençon depuis son mariage avec le suivant (3 oct. 1509).*

6. *Charles IV. successeur de René au comté d'Alençon en 1492, mort à Lyon le 11 avril 1525.*

7. *Philippe de Savoie, évêque, puis comte de Genevois en 1509, devint duc de Nemours en 1528.*

8. *Cf.* Bull. de la soc. d'archéol. de la Drôme *(1881), t. XV, p. 336-7.*

9. F• 96 v•.

Deliberationes facte, die xvɪɪ februarii 1515, in domo civitatis 1.

Et primo, quia in presenciarum dona danda principibus nostris applicuerunt, fuit deliberatum ipsa portari apud Sanctum Valerium per dom. consulem Fabri, dom. Anthonium de Dorna, nobilem Johannem de Genasio et Franciscum Mayaudi, et in ejus deffectu per Ponsonum Joberti, qui faciant prout circa premissa fiendum erit.

O

Deliberations et conclusions pour le bien et utillité de la ville de Valence, le xɪɪɪ de may mil Vᶜ XXIJ, auprés de l'Isere les Chasteau Neuf 2 a la part du Daulphiné ... 3.

Item, que l'on face dans la ville dire tous les jours une messe a l'onneur des glorieulx trois martirs patron d'icelle, oultre l'autre ordinaire et journellement par cy devant ordonnée, pour prier Dieu le Createur voloir paciffier sa justice et a nous donner santé; et que l'on face extreme diligence de metre sus pour jouer l'estoire desdits glorieulx martirs le plus tost que fere se pourra.

Deliberacions faictes au lieu de Chasteau Neuf ..., le xᵉ d'aoust mil Vᶜ XXIJ 4.

Item, a esté dit et conclut faire continuer la messe des Trois Martirs, que l'on a comencé de dire pour la santé de la cité.

Que les consuls complissent le pelerinage que a esté promis à monsieur sainct Anthoine en Viennois, ainsi que les commis estans en la ville ont voué et promis.

Deliberations faictes le vendredi xᵉ de avril mil Vᶜ XXIIJ 5.

Et premᵗ ensuyvant la deliberation et conclusion faicte au conseilh general de jouer le mistere des sainctz Trois Martirs, et pour icelle comencer du commandement de Valence et des commis soit venu maistre Meresote factiste pour fere ledit jeu, ont esté commis les nobles. . ., qui doneront tous ensemble ou quatre et deux d'entre eulx l'ordre qui leur samblera aux despens de la ville; et tous les despens qui sur ce se feront les consulz furniront et luy seront allouées en leurs comptes sans difficulté.

Deliberations fetes ... le ɪɪᵉ de janver mil Vᶜ XXV (1526) 6.

A esté deliberé que les commis pour la venue de monsieur le legat 7

---

1. Fᵒ 96 vᵒ.
2. Les consuls s'étaient retirés à Châteauneuf-d'Isère (11 kilom. de Valence), à cause de la contagion qui décimait leur ville.
3. Fᵒ 188. — 4. Fᵒ 189 vᵒ. — 5. Fᵒ 195 vᵒ. — 6. Fᵒ 244.
7. François-Guillaume, fils de Tristan, baron de Castelnau et de Clermont-Lodève, grand archidiacre de Narbonne, évêque de St-Pons à 21 ans (17 novembre 1501), élu archevêque de Narbonne le 22 juin 1502, cardinal prêtre du titre de St-Étienne in Cœlio Monte le 29 novemb. 1503, archevêque d'Auch

mandent ung home a cheval en Avignon, pour aler querir ung fatiste qui besoignera en farce pour ladicte venue, et que mons' le chanoyne Sextre ou mons' le maistre Moreton luy en escripvent.

x⁰ de janver. . . . 1 : A esté advisé que les consulz parlent au chanoyne Sextre, et que sachent en quoy il prandra plaisir pour les poynes qu'il prend pour la ville pour la venue de monsieur le legat, et que la ville luy donne ung presant jusques a douze escus.

xix de janvier. . . . 2 : Et premier' que l'on paye au fatiste de la farce six escus, et ses despens de l'alée et venue.

xxvij de janver. . . 3 : A esté deliberé que l'on abilhe les joueurs de la farce que l'on fera pour la venue de monsieur de Valence de taffetas blanc avec un bort de provanche.

Deliberations faictes . . . le segond de mars mil V^c XXV (1526) 4.
Et pour retirer les abilhemens aprestés pour la venue de monsieur de Valence, ont esté commis. . ., qui les retireront.
Du jeu des Trois Martirs, que les consulz scripvent aux painctres pour y donner ordre et aussi pour faire la provision du boys neccessaire.

Le mercredi xiiij⁰ de mars V^c XXV (1526) : . . . 5 Ensuyvant les aultres deliberations sur ce faictes a esté deliberé que le jeu des glorieulx martirs se jouera a la feste de Pentecostes prochaines, a l'aide de Dieu, et que le consul Huet pregne de l'argent de Sausses pour achapter de boys pour les chaffauix.
Et, quant a l'antrée des vins en consideration dudit jeu et de l'exterilité de ceste année, a esté remis de tout a la discretion des consulz selon les qualités des personages, et que les consulz en facent come leur samblera.
Monsieur le consulz Jaques Vichard, ayent bon zele a la execution dudit jeu, a promis donner et donne dix escus a la ville, si ledit jeu se joue a la feste de Panthecostes prochaines ; lesquelx dix escus a payé en ces comptes, en ung item de la despence des vivres des estapes.
Et Jehan Bruere a promis prester pour ledit jeu dix florins pour ung an advenir.

Deliberations faictes. . . le xxij⁰ de mars M V^c XXV (1526) 6.

le 4 juil. 1507, ambassadeur de Louis XII à Rome la même année, obtint la légation d'Avignon en 1513, à la mort du cardinal de Nantes (FANTONI CAS-TRUCCI, Istoria della città d'Avignone e del contado Venesino, 1678, t. I, p. 353-66) ; il devint évêque de Frascati (Tusculum) le 16 décemb. 1523, administra les évéchés de St-Pons (1511-4), de Valence (1524-31) et d'Agde (sept. 1531-) et mourut à Avignon en 1540, doyen des cardinaux.
1. Ibid. — 2. F⁰ 244 v⁰. — 3. F⁰ 245 r⁰.
4. F⁰ 246 v⁰. — 5. F⁰ 247 v⁰. — 6. F⁰ 248 v⁰.

. . . Lesdits consulz ont requis Nicolas Chanalet, Jehan Lobat et en leurs personnes leurs compaignons, a qui la ville avoit donné a prisfaict faire les eschaffaulx du jeu, qu'ilz ayent a parfaire et complir leurdit pris-faict des eschaffaulx, aultrement ont protesté de tous donmages et inte-restz et retardation dudit jeu. Lesquelx Chanalet et Lobat. . . ont respon-du qu'il leur est impossible de fournir de boix, a cause des grans neges qui sont encores es montaignes ; et, quant aux interestz, se soubmectent a la discretion d'estre a l'ordonnance de messieurs du conseilh et des commis

Item ont commis a messieurs les consulz sire Francois Mistral, Felix Peccat, pour apoincter avec les gens que l'on a mandé querir pour la farce du jeu des saincts martirs et de les fere contenter.

. . . . . Ce vint sixiesme de mars (1526). 1

Du jeu des trois martirs a esté dict, que le consul Huet ailhe a Romans parler a maistre Francois le painctre et, selon qu'il advisera avec luy, mandera ung home de pié devers messieurs les balifs de Valence et Sainct Pol pour avoir de boix.

Deliberations fetes. . . ce samedi xⅱⱼᵉ de may Vᵉ XXVJ 2.

Et premierement, touchant la tauxation des chambres du chaffault, eles seront tauxées par numero selon le numero, le lieu, grandeur et valeur, et pour ce faire sont commis messieurs les chanoynes de Sales, Mistral, sire Pierre Jobert, noble Jehan de Genas, Monsieur de Montiligier, Fran-cois Barbe ; et quant aux chaffaulx pendens ont esté tauxés pour ung chascun et chascun jour ung soulz, et parmy ce que nul n'y meyne anfans que ne sont de age de dix ou douze ans.

Item, pour commectre gens a visiter les chaffaulx s'ilz sont surs, a esté deliberé que le consul des mesteraulx ailhe a Romans pour avoir des cha-puys et aussi de ceulx des adoubz, et prier monsieur le capitaine Conflans, monsieur le grenetier Jobert pour y voloir venir et les visiter.

Item et pour commectre gens pour garder les portes et entrées des eschaffaulx, aussi les portes de la ville et fere garde quant le jeu comencera, a esté deliberé que le consul face ung rolle des gens ydoines, tant pour recepvoir l'argent des entroges des chaffaulx que aussi pour faire guet pour la ville, et prier monsieur le corrier avec sa familie voloir fere la main forte de la justice pour conserver la ville et habitans d'icelle, et que l'on face fermer les portes de la ville, hors mis le guischet de la porte Sainct Felix.

Item et touchant les capitaines que le consul a mis tant a la porte de Sainct Felix et de Rosne, aux gaiges pour ung chescune porte et chescun moys de cinq florins, a esté ratiffié ce que ledit consul leur a promis payer

Le xⅲⱼᵉ jour de may mil VᶜXXVJ, furent assemblez en la maison de la

1. Fᵒ 249 rᵒ. — 2. Fᵒ 252 vᵒ -253 rᵒ.

ville (*de Romans*) messieurs les consulz, conseillers et commis dessoubz nommez.... **1**.

Plus, a cause que aulcuns de messieurs de Parlement doivent dessendre de Grenoble, pour venir au jeux de Vallence a la Penthecouste prochaine, il a esté concludz que messieurs les consuls leur facent fere a force presens de vin et autres, cellon qu'ilz verront estre neccessere **2**.

Deliberations faictes... le xx de may V^cXXVJ **3**.

Et premierement, touchant le taux des chambres du jeu, ont esté tauxées les basses a quinze soulz le pié, et les haultes à douze soulz, excepté que de la premiere joignant enfer sera rabatu trois soulz pour pié, de la segonde deux soulx èt de la tierce ung soul tant des basses que haultes.

Et quant aux officiers de monsieur de Valence, que demandent six chambres, a esté deliberé qu'il en auront quatre en payant comme dessus, commectant a leur fere responce a messieurs . . . . ·

Deliberations faictes... ce vendredi xxv de may V^cXXVJ **4**.

Et premierement, que monsieur le consul paye vint escus que la ville a promis a maistre Jaques Pastissier, faiseur de fainctes, et ces despens, a sire Jehan de Bonot aultres vingt escus et ses despens, a frere Jaques prescheur six escus, comprins deux qu'il a eu, et ces despens, a maistre Mathieu le pametié dix florins.

Touchant monsieur le corrier et aultres, qui ont servi au jeu et au tiers que aultrement, lesquelx demandent taxations, sont commis les consulz ..., qui taxeront selon qu'ilz auront servi, parmy ce qu'il soint pris a serement de ce qu'il bailheront par parcelle.   ·

Touchant ceulx qui ont derrobé et detiennent l'argent des entrées et auront fauciffié les seignaulx et marques, a esté dit que l'on en face faire monition et excomunication jusques a la malediction.

Touchant la messe cotidiene des glorieulx martirs, a esté deliberé que le consul les face dire et continuer jusques a ce que aultrement sera deliberé, a six cars pour messe et chescun vendredi la passion.

---

1. Registre des assemblées de la ville de Romans (1522-39), *f° 104 v°*.
2. *François* JOUBERT, *de Valence, parle de cette représentation dans ses Mémoires, dont M. Edm. Maignien a commencé la publication dans* Le Dauphiné ; *nous devons communication à l'obligeant conservateur de la bibliothèque de Grenoble de l'extrait suivant* (Doc. sur le Dauphiné, *R. 80, T. 18, pièce 1347, f° 36 r°*) :
L'année 1526 fut faict le jeu des Trois Martirs dans Valence ; lequel fut admirablement bien faict, dont le discours est tout en long aux f. 69, 70, 71, etc. du livre des *Memoires* du sieur Jean Joubert, chevallier du Sainct Sepulcre, duquel jeu estoint tous les principaux de l'Eglise et des bourgeois, en nombre de vingt et deux personnes, comprins la femme de monsieur de Dorne, qui representoit Nostre Dame, et Suzane de Genas, qui representoit saincte Colombe.
3. Archives de Valence, *BB. 4, f° 253 r°*.
4. *F° 253 v° -254 r°*.

VIENNE

Archives de la ville de Vienne, registres de la série BB, obligeamment communiqués par M. l'archiviste-bibliothécaire J. Leblanc, et autres sources spécialement indiquées.

A

Extrait du

COMPTE DE JACQUES DE LA TANERIE, MAITRE DE LA CHAMBRE AUX DENIERS DU DUC DE BOURGOGNE, PHILIPPE LE HARDI, CONCERNANT LE VOYAGE DE CE PRINCE DANS LE DAUPHINÉ ET LE VALENTINOIS EN 1395 1.

Le samedi xve jour dudit mois de may *(1395)*, Monseigneur tout le jour à Lyon.

Le dimanche xvie jour dudit mois de may, Monseigneur disner à Lyon. giste à Vienne.

Le lundi xviie jour dudit mois de may, Monseigneur disner sur la rivière entre Vienne et Soyon 2, giste audit Soyon.

Le mardi xviiie jour dudit mois de may, Monseigneur disner sur l'iaue es batiaus, giste au Pont Saint Esperit 3.

Le mercredi xixe jour dudit mois de may, Monseigneur tout le jour au Pont Saint Esperit.

Le dimanche xie jour dudit mois de juillet, Monseigneur disner à Villeneuve, giste à Baigneus 4.

Le lundi xiie jour dudit mois de juillet, Monseigneur disner au bourc Saint Andry 5, giste à Viviers.

1. Archives de la préfect. de la Côte-d'Or, *B.1503* bis. *C'est à M.*GACHARD *que nous sommes redevables de l'indication de ce compte, à l'aide duquel il a dressé l'Itinéraire de Philippe le Hardi du 1er févr. au 31 déc. 1395* (Collection des voyages des souverains des Pays-Bas, *1876, t. I, p. 9-13). Le duc, après avoir séjourné à Lyon du 2 au 16 mai (cf.* Ant. P[ÉRICAUD], *Notes et docum. pour l'hist. de Lyon depuis 1350, p. 30), en compagnie des ducs de Berry, oncle comme lui, et d'Orléans, frère du roi de France, se rendit à Avignon pour engager l'antipape Benoît XIII à mettre fin au schisme par une démission volontaire. Il arriva avec eux à Villeneuve-lez-Avignon le 22 mai et en repartit le 11 juillet. Dans ses Anecdotes sur les ducs de Bourgogne de la seconde moitié du XIVe siècle* (Bull. de la soc. des sciences histor. et natur. de l'Yonne, *1883, t. XXXVII),* M. Max. QUANTIN *parle des voyages de Philippe-le-Hardi (p. 11-3) en 1367-72 et 1394 (par erreur pour 1395)*.

2. *Soyons, sur la rive droite du Rhône, commune du canton de Saint-Péray (Ardèche).*

3. *Pont-Saint-Esprit, sur le Rhône, chef-lieu de canton du départ^t du Gard,*

4. *Bagnols, sur la Cèze, chef-lieu de canton du départ^t du Gard; on le trouve désigné sous le nom de Baigneux en 1461* (GERMER-DURAND, *Diction. topogr. du départ. du Gard, 1868, p. 18).*

5. *Bourg-Saint-Andéol, sur le Rhône, chef-lieu de canton de l'Ardèche.*

Le mardi xiiie jour dudit mois de juillet, Monseigneur disner à Baiz 1, giste à Soyons.

Le mercredi xiiiie jour dudit mois de juillet, Monseigneur disner à Estain 2, giste à Saint Valier.

Le jeudi xve jour dudit mois de juillet, Monseigneur disner à Aubenue, giste à Vienne.

Le venredi xvie jour dudit mois de juillet, Monseigneur disner et giste à Lyon sur le Rône.

B

ORDINACIO COMMEMORACIONIS PASSIONIS DOMINI NOSTRI JHESU XPISTI ET RESURECTIONIS EJUSDEM 3.

Anno Domini millesimo CCCC^{mo}, die xxiij mensis maii, existentes in capitulo fratrum Predicatorum Vienne persone, cives et habitantes Viennenses inferius nominate, voluerunt, ordinaverunt et consencierunt quod, in proximo festo Penthecostes Domini, fiat et celebretur in presenti civitate Vienne commemoracio sacratissime Passionis domini nostri JHESU Xpisti per personatus bene et honoriffice, ut melius fieri poterit ; suntque et fuerunt consensus quod, in auxilium expensarum et missionum fiendarum occasione premissorum, applicentur et solvantur de communi vini dicte civitatis triginta franchi auri, valentes quadraginta florenos, consensu et licencia domini superioris 4 prehabitis. Fuerunt enim presentes et. consencientes : venerabilis vir dnus Anthonius Grandis, legum doctor, Jacobus Ysimbardi, Guigo Constagni, Bartholomeus Combe, Petrus Pistoris, Stephanus Ravanelli, Gononus Escofferii, Stephanus Rafforneril, Jacerandus Chomardi, Johannes Coponis, Guido Laurencii, Jacobus Constagni, Guillelmus Neyrodi, Andreas Barbillonis, Guillelmus de Columberio, Petrus de Villa, Ruguerus Chamoys, Bartholomeus Arbrelle, Petrus Marganti, Hugo Cristini, Johannes de Chastagneno, Arthaudus de Ulmo, magistri Stephanus Sabaterii, Guillelmus Albi, Symondus de Guimon, Perononus de Pressino, dompnus Petrus de Barey, rector Sancti Severi, magister Johannes Bayreti, rector scolarum Viennensium, magistri

1. *Baix, sur la rive droite du Rhône, canton du départ^t de l'Ardèche.*
2. *Tain, sur la rive gauche du Rhône, chef-lieu de canton de la Drôme.*
3. Hec est papirus negociorum comunitatis civitatis Viennensis, incohacta anno Domini mill'io tricen^{mo} nonagesimo nono, die tercia mensis febroarii, qua die fuit celebratum festum sancti Blasii, in quo festo consueverunt creari, ordinari et fieri consules et sindici dicte civitatis. . . . (BB. 2), f^o iij v^o.
4. *Charles IV, en nommant le dauphin vicaire de l'empire dans le Viennois et dans les provinces du royaume d'Arles (1378), avait révoqué la juridiction de l'archevêque de Vienne ; le dauphin faisait exercer ses fonctions par le gouverneur du Dauphiné. Cette situation dura jusqu'au traité du 18 août 1405, qui déclara la juridiction temporelle de Vienne commune entre l'archevêque et le dauphin.*

Jacobus Baudichonis, locumtenens dni officialis Vienne, Johannes Goneti, clericus, coram nobis notario.

ALTER CONSENSUS SUPER FACTO COMMEMORACIONIS PASSIONIS XPISTI, SUPER SOLUCIONE EXPENSARUM ET MISSIONUM FACTARUM ET SUSTENTARUM [1].

Notum sit omnibus quod, cum commemoracio Passionis sacratissime domini nostri JHESU Xpisti per nonnullos cives et habitantes Vienne, ad laudem et honorem Dei, ordinata fieri extiterit in presenti civitate Vienne per personatus, et eciam Resurectio ejusdem domini nostri JHESU Xpisti; et deinde laudabiliter factum et perfectum in monasterio Sancti Petri foris portam Vienne, videlicet in cimiterio ejusdem monasterii. Et occasione premissorum fuerunt factè et sequte magne expense et missiones, ultra expensas et missiones personatuum, que non includuntur nec compútantur, quia persone que personatus fecerunt de suo proprio persolverunt, tam pro salario magistri Johannis Gorio, alias Galaot, magistri dicte istorie, quam pro expensis salario magistri Johannis du Ligio, qui gorgiam inferni fecit et dictavit, quam pro pictoribus et picturís finste, ferraturis, salario carpentariorum et aliis expensis occasione premissorum factis et sustentis, ut infra particulariter declaratur, usque ad summam sex viginti quatuor florenorum undecim grossorum et unius lyardi, ut in computo inferius inserto continetur. Verum, in auxilium solucionis dictarum expensarum, nonnulli ex civibus et habitantibus Vienne, quorum nomina inferius sunt descripta, gratis dederunt summas infrascriptas, que ascendunt quadraginta unum florenos decem grossos : de quibus fuit recuperatum usque ad summam trìginta sex florenorum duorum grossorum; restant ad recuperandum quinque floreni octo grossi, qui recuperari non potuerunt. Et sic, deductis et computatis dictis triginta sex florenis duobus grossis receptis de et pro dicto dono, restant ad solvendum de dictis expensis et missionibus circa quatuor viginti et decem floreni. Sane nonnulli ex civibus et habitantibus dicte civitatis voluerunt et concesserunt solvi et applicari in auxilium solucionis dictarum expensarum de commune vini dicte civitatis summam quadraginta florenorum, prius habita licencia domini superioris. Postmodum extiterit supplicatum dalphinali excellencie, quatenus dare et concedere vellet licenciam dictam summam ad solvendum restantem persolvendi de commune vini dicte civitatis : que dalphinalis excellencia suas super hoc concessit literas dno judici curie imperialis et temporalis civitatis Vienne directas, que inferius sunt inserte. Qui quidem dnus judex, videlicet dom. Guillelmus Garnerii, in utroque jure baccallarius, receptis dictis literis dominicalibus cum debita reverencia, pro ipsa justifficacione ordinavit et voluit recipi per me notarium et secretarium comunitatis dicte civitatis consensum sanioris partis dicte civitatis super contentis in dictis literis. Hinc est quod, anno proxime dicto, die xvj mensis junii, persone infrascripte voluerunt et concesserunt, volunt et concedunt quod, de summa et precio seu firma dicti comunis vini, solvantur et assignentur pro expensis predictis dicti quatuor viginti et decem floreni auri, habito prius consensu dicti dni judicis et comissarii, inclusis tamen aliis quadraginta florenis in alio consensu predicto supra scripto contentis : primo Guillelmus Albi, Guigo Constagni, Bartholomeus Combe, Stephanus Raffornerii, Franciscus de Alamenco, Ruguerus Chamoys, Bartholomeus Arbrelle, Hugo Cristini, Guillelmus Neyrodi, Jacobus Ysimbardi, Poncetus Alamandi, Armandus Feucherii et Andreas Barbillonis. Item, die xx mensis junii, persone infrascripte eodem modo consencierunt, videlicet magister Guillelmus de Champellis, licenciatus in medicina, Reynaudus Morelli, Petrus Constagni. Item, die xxj dicti mensis junii, persone infrascripte eodem modo consencierunt, videlicet Petrus Pistoris, Stephanus Ravanelli, Johannes de Turre, Gonunus Garnerii, Guillelmus de Columberio, Anthonius Rodulphi, Arthaudus de Ulmo, Petrus Fenori, Franciscus Columbi, Stephanus Combe, Petrus de Verfay, cives Viennenses; coram me secretario predicto.

SEQUNTUR EXPENSE ET MISSIONES DE QUIBUS SUPRA FIT MENCIO 1.

Primo, expense facte in hospicio Johannis Coponis per magistrum Johannem de Ligio, qui fecit os seu gorgiam inferni et dictavit, et pro expensis ejus famuli, qui continue fuerunt et vacaverunt . . . x flor. iiij g. ascend.

Item, Jacerando Grossi, pro postibus, clavellis et alia fusta ab eo habitis pro dicta gorgia . . . . v flor. dymid.

Item, Guillelmo de Prioratu, pro fusta magne turris, pro pilono et pro furchis inde, et pro salario suo et famulorum suorum. . . . . ., iiijor flor.

Item, gueynerio Viennensi, pro suis jornalibus et pellibus per eum traditis pro dicta gorgia . . . . xxij gross.

Item, Guillelmo pictori Viennensi, pro ejus salario, pena (et) labore per eum habitis et sustentis pingendo, et pro coloribus et picturis per ipsum traditis . . . . xj flor. x gross.

Item, Jaquemete, relicte Jacobi de Clauso, appothecario, pro octo torchiis cere habitis ad eadem pro illuminando et serviendo de nocte, et pro aqua ardente habita ab eadem pro inferno. . . . . . viij flor. x gross.

Item, Stephano Brocherio, pro parvis circulis habitis ab eodem pro dicta gorgia et pro suis pena et labore habitis abtando et preparando dictos circulos . . . . vj gross.

Item, Johanni Colunges, carpentario, pro decem jornalibus suis et famulorum suorum qui fecerunt infernum, et pro quinque magnis circulis et duabus duodenis parvorum circulorum ab eo habitis. . iij flor. v gross.

Item, vocato Guers, servienti carpentarii, pro septem jornalibus suis. . . . . xviij gross.

Item, tribus pictoribus de Lugduno, qui fuerunt et vacaverunt tribus

1. F⁰ iiij v⁰.

diebus pingendo infernum et alia nescessaria, cuilibet pro die octo grossi pro salario et expensis, ascendit . . . . vj flor.

Item, Petro Genoveysii questori, pro decem octo linteaminibus ab eodem habitis pro inferno. . . . . xxᵗⁱ gross. ij t. g.

Item, pro salario dicti magistri Johannis de Ligio, qui fecit et dictavit infernum, et venit gratis, et est homo status et honoris, et bene servivit, x flor.

Item, Colino Borserio, pro occulis inferni faciendis . . . . vj gross.

Item habuit et recepit Anthonius Cellerii, qui fecit, supportavit et ministravit expensas minutas factas pro inferno . . . . ij flor.

Item, pro duodecim linteaminibus habitis a Johanne de Sancto Porsano . . . . ij flor. iiij gross.

Item, pro quibusdam aliis minutis expensis factis et malevatis occasione premissorum, quod esset longum scribere et recitare . xv gross. iiij liard.

Item, pro locario quatuor equorum locatorum, habitis pro aducendo dictum magistrum Johannem de Ligio et pro suo regressu et eorum expensis . . . . xiij gross. j t

Item, pro quodam corio equi habito a Johanne de Colonia . iiijᵒʳ gross.

Item, pro decem fayssiis riorcarum emptis. . . . . vj gross.

Item, pro tribus libris cole et pro clavellis crucis . . . vij gross. dym.

Item, Johanni Bonerii, carpentario, pro quatuor jornalibus suis et expensis . . . . j flor.

Item, pro salario convento dare magistro Johanni Gorio, alias Galaot, magistro istorie predicte , ... xL flor.

Item magis eidem, quia bene servivit et maximam penam sustinuit, pro una veste . . . . x flor. 1

Sᴇǫᴜɪᴛᴜʀ ᴇᴄɪᴀᴍ ᴅᴏɴᴜᴍ ᴘʀᴇᴅɪᴄᴛᴜᴍ, ᴅᴇ ǫᴜᴏ sᴜᴘʀᴀ ꜰɪᴛ ᴍᴇɴᴄɪᴏ, ᴇᴛ ɴᴏᴍɪɴᴀ ᴘᴇʀsᴏɴᴀʀᴜᴍ ǫᴜᴇ ᴅɪᴄᴛᴜᴍ ᴅᴏɴᴜᴍ ꜰᴇᴄᴇʀᴜɴᴛ 2.

Primo, venerabilis vir dom. Johannes de Ponte Alberti, officialis Viennensis . . . . ij franchi.

Item, dom. Anthonius Grandis, j fran. Item, curatus Sancti Petri inter Judeos . . . . ij gr.
Item, dom. Johannes Ponceti, j fran.
Item, Guillelmus de Opere . j flor. Item, Franciscus Boyssardi . j flor.
Item, Berthetus Payrolerii, iiij fran. Item, dom. prior Sancti Martini, j flor.
Item, Petrus Genevesii . . . j flor. Item, dom. Bartholomeus archidia-
Item, Gonius Greolati, . . . j flor.   conus) . . . . vj gr.

1. *Nous ne savons pas où le rédacteur des analyses inscrites, au milieu du XVIII⁰ siècle, en marge de ces registres a pris que la dépense fut faite tant pour celuy qui representat le Sauveur que l'on crucifiat, mais a qui l'on n'enfoncat pas les clous ni que l'on ne fit pas mourir, qu'aux autres personnes qui servirent a cette sainte representation.*
2. *F° v r°. Nous retranchons dans cette énumération tous les souscripteurs (au nombre de 80) pour des sommes inférieures à un florin ou dont les noms n'offrent aucun intérêt historique; le montant de leur souscription s'élève à 267 gros 1/3, soit 22 florins 1/4.*

Item, magister P. de Contamina, iiij gr.   Item, Peyretus Levy, judeus, viij gr.
Item, mag. Aymo baccall(arius), vj gr.   Item, Savarinus, judeus . . j fran.
Item, magister Henricus de Bigni-   Item, curatus Beate Marie Veteris,
    no . . . . ij gr.   . . . . iiij gr.
Item, curatus Sancti Martini, vj gr.   Item, magister Guillelmus de Cham-
Item, Petrus Folignonis . . j flor.   pellis . . . . j flor.

Preceptum quinquaginta florenorum pro expensis istorie Passionis Guillelmo de Columberia, censerio, et Humberto Barralis, receptori communis anni currentis M° CCC LXXXXVIIJ accensati 1.

Anno Domini M° CCCC^mo, die vj mensis julii, Bartholomeus Ravanelli, Franciscus de Alamenco, Guillelmus Castaneti, Nycolaus de Burgo et Janinus de Chareres, consules civitatis Vienne, visis literis excellentissimi principis dom. gubernatoris Dalphinatus et ejus venerabilis consilii, nec non literis dni judicis curie imperialis Viennen., comissarii ab eodem dno gubernatore deputati, simul annexis, inferius insertis; preceperunt Guillelmo de Columberia, censerio, et Humberto Barralis, receptori dicti communis vini dicte civitatis anni LXXXXVIIJ sibi accensati, quatenus de summa firme dicti communis debita tradant Jacobo Ysimbardi, Guigoni Constagni et Bartholomeo Combe, civibus Viennensibus, pro solvendis expensis factis ratione istorie Passionis domini nostri Jhesu Xpisti facte in presenti civitate, quinquaginta florenos auri, de quibus computare et computum ac racionem reddere tenebuntur, etc. Actum Vienne, presentibus Petro Pistoris, Johanne Coponis et Jacerando de Croso, notario, testibus, etc.   J. Boyssardi.

Aliud preceptum quinquaginta florenorum pro expensis istorie predicte Passionis Hugoni Cristini, censerio, et Johanni Gometi ac Johanni Peronerii, receptoribus dicti communis anni presentis.

Anno, die, loco et presentibus quibus supra, dicti consules, visis literis dominicalibus predictis, infra insertis, preceperunt Hugoni Cristini, censerio, et Johanni Gometi ac Johanni Peronerii, receptoribus communis vini anni presentis, quatenus de summa firme dicti communis tradant dictis Jacobo, Guigono et Barth(olome)o, pro solvendis expensis istorie Passionis predicte et Ressurectionis domini nostri Jhesu Xpisti, alios quinquaginta florenos, de quibus ut supra computare et computum ac racionem reddere tenebuntur, etc.   J. Boyssardi.

Tenor literarum dominicalium predictarum 2.

1. F° v v°.
2. Le texte n'en a pas été couché sur le registre.

C

CONSENSUS ET ARRESTUM PRO SERVICIO MAGNIFICI ET POTENTIS VIRI DOMI-
NI GAUFFREDI LE MEINGRE, DIT BOSSICAUT, GUBERNATORIS DALPHINATUS, IN
ET PRO SUO NOVO ADVENTU 1.

Anno quo supra *(1400)*, die secunda mensis decembris, existentibus in
aula Petri Vilete providis viris Bartholomeo Ravanelli, Francisco de Alamenco, Guillelmo Castaneti, Janino de Chareres, Johanne Pannelli, Johanne Salamonis, consulibus et sindicis civitatis Vienne. . . ., habitis inter
ipsos colloquio et deliberacione, arrestaverunt quod ex parte universitatis dicte civitatis serviatur dicto dno gubernatori 2 in suo primo adventu

---

1. F. *xj* r°.
2. *Geoffroy le Meingre, dit Boucicaut, fils cadet du maréchal Jean Ier, fut
nommé gouverneur du Dauphiné par Charles VI le 1er avril 1399. — Les
Romanais, avisés* super eo quod refferebatur dom. Gaufridum le Mengre,
dictum Bucicaut, dominum de Borbone, cambellanum et consiliarium re-
gium, gubernatorem Dalphinatus, multum indignatum esse contra habitatores dicte ville, *envoyèrent à Grenoble Jean Forest, dit Coppe, et noble E-
tienne Flamigii, pour apaiser cette grande colère par des présents : le gouverneur se radoucit et accepta* gratanter une demi-douzaine de coupes d'ar-
gent, qui coûtèrent 20 francs en sus des 200 écus d'or votés par le conseil
(Papirus universit. ville Romanis de *1394 à 1410, f° 97, délib. du 23 avril
1402). — Boucicaut revint à Vienne le lundi 20 octob. 1404, accompagné de
plusieurs conseillers delphinaux, et déclara la juridiction de l'archevêque Thi-
baud de Rougemont, à Vienne et en Dauphiné, unie à la mense delphinale* (22
oct.)*; le prélat prononça sur le champ contre lui et ses complices une sentence
d'excommunication* (Archives départem. de l'Isère, B. 3253), *dont le gouverneur appela et finit par être absous, en 1406, par Simon Breyssaud, vicaire-
général et official de Vienne* (mêmes archives, B. 3151). — AYMAR DU RIVAIL
(De Allobrogibus, édit. de Terrebasse, p. 500) et CHORIER (Hist. de Dauph.,
t. I, p. 404) *ont parlé des difficultés qu'il se créa pour avoir fait enlever et
emprisonner à la Côte-St-André le baron de Montmaur. Avec l'approbation
du roi* (Paris, 24 février 1404 v. st.), *les États du Dauphiné, réunis à Grenoble, décidèrent, le 4 avril 1405, la levée d'une taille de 6000 écus pour subve-
nir aux frais du sire de Clermont, qui, accompagné de leurs procureurs, devait
aller en France exposer au roi et à son conseil les actes tyranniques du gouverneur* (mêmes archives, B. 3259). *On était aux plus mauvais moments de la
folie de Charles VI, et la série des pièces relatives à cette affaire témoigne de
l'esprit versatile de ses conseillers et de la rivalité des régents, vrais maîtres
du royaume. Cette taille, dont le recouvrement fut successivement révoqué, confirmé, renvoyé et repris, fut réduite à 3000 écus : le 10 janv. 1406, les Romanais s'occupèrent d'une* tallia seu leva de 3 gros par feu facta pro expensis
factis per banneretos (Papirus cité, f° 1421). *Le duc d'Orléans avait été chargé de l'examen des extorsions et abus de pouvoir reprochés au gouverneur par
les ambassadeurs des États* (13 décemb. 1405), *et le conseil delphinal délégué
pour informer des crimes imputés aux officiers de Boucicaut* (4 août 1406).
Déposé à la suite de plaintes réitérées (mém. arch., B. 3176), *il fut néanmoins
maintenu dans son gouvernement le 12 septemb. 1406* (ibid. et B. 3259). *Il eut
définitivement pour successeur Guillaume de Layre, le 21 avril 1407* (ANSEL-
ME, Mais. de France, t. VI, p. 754). — *Les Etats de la province n'en pour-
suivirent pas moins la revendication de leurs griefs contre lui, ainsi qu'en té-
moignent les deux passages suivants du* Papirus universitatis ville Romanis

Vienne, videlicet de decem somatis boni vini, de decem sestariis avene ad mensuram Viennensem, de duabus duodenis torchiarum et aliarum duodenarum librarum torticiorum cere et duarum duodenarum librarum conficture; et ita voluerunt et consencierunt omnes supra nominati, coram me   J. Boyssardi.

ORDINACIO SERVICII VIRI POTENTIS ET MAGNIFFICI DOMINI GAUFFRIDI LE MEINGRE, DICTI BOCICAUT, GUBERNATORIS DALPHINATUS 1.

Anno Domini millesimo CCCC^{mo} primo, die xɪ mensis aprilis, convocatis in ecclesia Sancti Petri inter Judeos Vienne, per. . . servientem consulatus dicte civitatis, videlicet saniori parte civium ejusdem civitatis,pro nonnullis statum et honorem dicte universitatis tangentibus, ut idem serviens retulit ; comparentibusque et personaliter existentibus ibidem. . ., videlicet providis viris octo consulibus. . . nec non. . . ., habito tractatu et colloquio multiplici inter ipsos cum deliberacione sufficienti. . ., fuit inter ipsos loqutum, tractatum et finaliter arrestatum et conclusum quod, in novo et jocundo adventu supradicti dni gubernatoris, serviatur et eidem presentetur ex parte universitatis predicte donum gratuytum duodecim cupparum argenti, ponderis duodecim marchas argenti fini, quinque somate vini clari obtimi et una duodena torchiarum, ponderis quelibet tres libras cere, loco alterius doni ordinati per alios consules anni preteriti, ut supra in presenti papiro contineatur.

Suivent divers mandats de payement.

D

SEQUNTUR PRECEPTA DUCENTORUM SCUTORUM AURI, PRO DONO FACTO SERE-

cité : (f. 163 r., 18 avril 1408). . . Pro electione fienda de novo receptore ad exhigendum dymidiam talliam, noviter ordinatam et factam per sindicos die lune.. que fuit xvɪ dicti mensis aprilis, de uno flor. pro foco contra homines et populares dicte ville, pro solvendo expensas per dnos bannaretos factas tam Parisius quam alibi, super prosequcione cause quam habebant. . . contra et adversus dom. Bussicaut le Mengre, olim gubernatorem Dalphinatus. . . . .; *(f. 177 r., 25 mars 1409).* . . Sindici et incole ordinaverunt fieri et perequari in dicta villa Romanis unam mediam talliam pro solvendo Petro Audoardi, exactori cujusdam magni subsidii facti et indicti in toto Dalphinatu pro nonnullis expensis factis Parisius et alibi in prosequcione cause habite per patriam Dalphinatus contra olim gubernatorem vocatum Brissicaudum. . . . — *C'est sans doute le fils ainé de Boucicaut, Jean* (ANSELME, *l. c., p. 755), qui figure dans le Liber preceptorum Johannis Choneti, receptoris ville de Romanis, *pour l'année 1475 : (f. 34, 14 octobre 1476).* . . Ad se ipsum retineat : . . . . item solvit Johanni le Maigre, preposito marescallorum, qui taxavit victualia gentium armorum, videl. ɪɪɪɪ fl. ɪɪ g.

   1. F. *xviij v.*

NISSIMO PRINCIPI DOMINO NOSTRO DNO ROMANORUM REGI IMPERATORI, EX PARTE
UNIVERSITATIS VIENNENSIS PRESENTATORUM IN SUO ADVENTU JOCONDO IN CI-
VITATE VIENNE ET TRANSITU, EUMDO PRO UNIONE ECCLESIE AD CIVITATEM
NARBONE 1.

Notum sit omnibus quod, cum nuper, anno presenti currente M° CCCC
XV, die veneris secunda mensis augusti, ex parte universitatis dicte civitatis fuerunt dati et presentati serenissimo et excellentissimo principi domino nostro dno Romanorum regi imperatori 2, pro suo adventu jocon-

---

1. Registrum novum universitatis Vienne, de gestis per consules ejusdem civitatis, factum per me Franciscum Boyssardi, notarium secretarium
consulatus et universitatis (BB. 4), f° xxxiij v°.

2. Sigismond réunit sur sa tête bon nombre de couronnes, dont on trouvera les
dates initiales dans le Répert. d. sourc. hist. du moy. âge (c. 2086). Il se ren-
dait alors à Narbonne, pour renouveler avec plus d'autorité (au nom du concile
œcuménique de Constance), mais non moins inutilement, les démarches infructu-
euses faites, vingt ans auparavant, par le duc de Bourgogne auprès de l'antipape Benoît XIII, pour le décider à renoncer au pontificat. Cet empereur, dont
un contemporain ne trouvait pas le pareil dans l'histoire depuis Charlemagne
(à tempore Caroli Magni nescio si fuit similis illi. dans MARTENE, Thes. nov.
anecd., t. II, c. 1639) pour son dévouement à l'Eglise, n'a pas encore été l'objet
d'un de ces volumes de Regesta, dans la rédaction desquels les Allemands ex-
cellent et qui rendent tant de services à l'histoire spéciale et à la chronologie.
Nous serions réduit, pour son unique voyage dans nos contrées, à la xxxIII°
pièce annexe (Beilage), Regesten u. Itinerar des römischen Königs Sigmund
vom 1. Juli 1414 bis Schluss des Jahres 1419, jointe par Jos. ASCHBACH au
tome II de sa Geschichte Kaiser Sigmunds (Hamburg, 1838-45, 4 vol. in-
8°), si divers documents locaux, dont plusieurs voient ici le jour pour la première fois, ne nous venaient en aide pour préciser avec exactitude son itinéraire.
Dès le 28 mai 1415, le concile désignait quatre cardinaux, qui devaient ac-
compagner Sigismond dans son voyage à Nice, par la Savoie (HARDT, Œcu-
men. Constant. concil., t. IV, p. 264-5), où il s'engagea de se trouver au
mois de juin (Edm. de DYNTER, Chron. ducum Brabantiae, édit. de Ram,
t. III, p. 279; MARTENE, op. cit., cc. 1635, 1637, 1639; l'antipape avait
promis de son côté de s'y rendre, mais il prétexta plus tard la trop grande
distance qui le séparait de cette ville pour lui préférer Narbonne. Trompés
peut-être par un texte comme celui de Thierry de NIEM (dom. Sigismundus
ad multas mundi partes perrexit, ad regem Franciæ primum, deinde ad
regem Angliæ. deinde Narbonam una cum oratoribus concilii, dans Ec-
CARD, Corp. histor. med. ævi, t. I, c. 1538), des historiens supposent un voyage de Sigismond à Paris, en mai 1415 (WURTH-PAQUET, dans Public. de
l'instit. de Luxembourg, t. XXV, p. 203), époque où il assistait régulièrement
aux sessions du concile. Dans la XVII°, tenue le lundi 15 juillet, il reçut les bé-
nédictions du président, Jean Allarmet de Brogny, cardinal de Viviers, pour
la prospérité de son voyage (LABBE, Concilia, t. XII, cc. 155-7, 1523-5;
MARTENE, op. cit., c. 1639-41). Il partit de Constance le 21 juillet, accompagné de seize prélats et de 4000 cavaliers (STRUVE, Corp. histor. German.,
t. I, p. 693); après un court arret a Bâle (ibid.), il atteignit le 27 Aarberg,
petite ville du canton de Berne, au-dessus de Neufchâtel (ASCHBACH, t. II, p.
269). A partir de là son biographe, Eberhard WINDECK (Leben u. Zeit K.
Sigmunds, ch. 64, dans MENCKEN, Script. rer. German., t. I, c. 1125, com-
muniqu. par M. E. Mühlbacher, de Vienne), dresse ainsi la liste des localités
qu'il traversa successivement : Losana [Lausanne] in Sophaye [Savoie], Ro-
mende, Nurve, Morsse [Morges], Rolle [Rolle], Imbes, Juffen [Genève], St-

do, qui pro tunc in presenti civitate existebat, videlicet tercentum floreni, valentes ducentos scutos ; que summa pro sceleri expedicione mutuo
fuit habita et recepta a Jacobo Constagni, cive Viennensi, mediante obli-

Gillis [*St-Julien*], Salomone [*Salenove*], Remoli [*Rumilly*], Abex [*Aix-les-Bains*], Camerach [*Chambéry*], Giszely, Armonick, Alarbe [*l'Albenc*], San Mersolin [*Saint-Marcellin*], Aromantz [*Romans*], Palentz [*Valence*], Pirlette [*Pierrelatte*], Punctu Sancti Spiritus[*Pont-Saint-Esprit*], Motraban [*Mont-dragon*], Orense [*Orange*], Castel Nova Papae [*Châteauneuf-Calcernier ou du-Pape*], Nemys [*Nîmes*], Montpalier [*Montpellier*], Arbonia [*Narbonne*]. *Ces données sont loin de concorder avec les noms et les dates que nous allons recueillir dans des documents irrécusables. Le 30 juillet, le monarque coucha au château de Seyssel (Ain), où le comte de Savoie, Amédée VIII, était venu le recevoir* (Guigue, Topogr. histor. du départ. de l'Ain, *1873, p. 381 b); ils descendirent ensemble le Rhône jusqu'à Lyon : on constate sa présence dans cette ville le lendemain 31* (P[éricaud], Notes et docum. pour l'hist. de Lyon depuis 1350, p. 37). *Les consuls de Vienne lui firent don de 300 florins (200 écus d'or), le vendredi 2 août, qu'il était dans les murs de leur cité (texte ci-dessus; cf.* Chorier, Hist. de Dauph., t. I, p. 408 *; le dimanche 4, à Valence, il crée Jean de Poitiers, évêque et comte de Valence et Die, comte du sacré palais de Latran et de l'impérial consistoire, avec tous droits et privilèges dont les autres comtes jouissent, et avec pouvoir de créer des notaires, tabellions et juges ordinaires, et de légitimer les bâtards et les rendre capables des successions, charges et dignités* (Bibl. nation., ms. lat. 16289, f 54). *Le même jour, il vint dîner à Romans, où l'attendait depuis cinq ou six jours l'archevêque de Tours, Jacques Gélu* (Archiv. commun. de Romans, *préf. de la taille de 1415 ;* Archiv. départ. de la Drôme, E. 3612) *: pour le passage de ses voitures* (charris) *on aménagea festinanter le pont sur l'Isère, dont la première arche était en construction (reg. du compte, f 42 v°); de là il se rendit en pèlerinage à l'abbaye de Saint-Antoine (mêmes archiv.;* Aymar Falco, Antonian. hist. compend., Lugd. 1534, f lxxxix). *Le lundi 5, il dîna de nouveau à Romans et coucha à Valence (arch. cit.), où il séjourna encore le 6 : il y fit expédier une confirmation des privilèges accordés par ses prédécesseurs aux comtes de Valentinois et aux seigneurs de Saint-Vallier, et révoqua la bulle de l'empereur Charles IV, son père, en faveur des Romanais C.-U.-J.* Chevalier, Ordonn. d. rois de France relat. au Dauph., p. 7, n°s 50-1 ; Chorier, l. c.); *les habitants de St-Antoine y obtinrent également la confirmation de leurs exemptions* (A. Falco, l. c.). *Les contradictions que l'on constate entre cet itinéraire et celui d'Eberh.* Windeck *pourraient s'expliquer en attribuant ce dernier au voyage des ambassadeurs du concile à l'antipape : on a vu que l'archevêque de Tours précéda Sigismond à Romans. Les prélats arrivèrent avant lui, le 10 août, à Narbonne, où il ne parvint que le 15* (Martene, op. cit., c. 1642); *il y reçut, le jeudi 29, les ambassadeurs d'Antoine, duc de Brabant* (E. de Dynter, op. cit., p. 287-9 ; = Publ. de l'inst. de Luxemb., t. XXV, p. 205-6). *L'empereur ne se rendit que le 18* (Windeck, ch. 37, *et autres cités par* Struve, p. 694, *et* Aschbach, p. 140) *ou le 19 sept.* (Martene, c. 1647) *à Perpignan, où il trouva le roi d'Aragon, Ferdinand I°r, dont la maladie avait retardé le voyage* (Zurita, Anales de Aragon, l. XII, c. 51 et 53). *Les pourparlers avec Benoît XIII se prolongèrent sans résultat plusieurs semaines* (Martene, c. 1648). *Encore à Perpignan le 23 octobre* (acte en faveur de la Hanse teutonique), *Sigismond, après y avoir refusé, le 30, les dernières propositions de Benoît, formulées le 26* (Héfélé, Hist. d. conciles, t. X, p. 548), *quitta cette ville au commencement de novembre* (Theodor. de Niem, Vita Johannis XXIII, l. III, c. 10), *le 5, d'après l'antipape lui-même* (reponse aux avances du roi Ferdinand faites le 3, dans Raynaldus, Annal. eccles., a. 1415, n. 48). *Il revint à Narbonne, où on ouvrit, le 20, des négo-*

gacione sibí facta de eadem per Glaudu.n Albi, civem Viennensem. ..., hoc
eciam mediante quod Gononus Escofferii, Ruguetus Payrolerii, Armandus
Feucherii et dictus Jacobus Constagni, cives Viennenses, quilibet pro rata
sua dicte summe erga dictum Glaudum se obligant . . . .
Hinc est quod, anno *predicto* et die xxj mensis augusti, viri providi Lau-

ciations qui aboutirent, le 13 *décembre, au concordat* (Labbe, Conc., *t. XII,
c. 177-83) dont il donna avis au concile de Constance le lendemain* 14 (Mar-
tène, *c.* 1656) ; *il y était encore le* 15 (Aschbach, *p.* 469). *L'empereur passa
les fêtes de Noël à Avignon* (Martene, *c.* 1654-5), *où sa présence est encore
constatée les* 9 *et* 12 *janvier* 1416 *par des actes relatifs à Mayence* (Aschbach,
ib.l. En remontant le Rhône, il vint de nouveau à Romans (compte cité, *f*° 43).
Au moment où il entrait à Vienne, le 21, hora quasi tertia noctis, *on lui
remit une lettre du roi d'Aragon, qu'il transmit, le lendemain* 22, *de Lyon, au
duc de Bavière, Louis, son oncle* (Martene, *c.* 1659-60 ; *cf.* E. Windeck, *c.
42). C'est là qu'il fit expédier les diplômes que villes et seigneurs avaient solli-
cités de sa royale munificence à son premier passage :* le 26 et le 28 *janv., en
faveur des habitants de Valence* (Archiv. commun. de Valence, *AA.* 4, *orig.;*
Archiv. de la préfect. de l'Isère, *B.* 2984, *f*° 279, *cop.* ; — Jos. Chmel, Regesta chronol.-diplom. Friderici III. Roman. imper., regis IV, Wien, *1840,
p.* 160, n° 1596, *confirm. du* 27 *janv.* 1444); *le* 31, *en faveur de ceux de Romans* (Archiv. de la préfect. de la Drôme, *E.* 3589, orig.); *le* 2 *février, il reçut les remontrances des gens du roi de France* (P[éricaud], op. cit., *p.* 38);
le 4, *concession de privilèges aux citoyens de Vienne* (publ. *p.* Delorme *dans*
Rev. de Vienne, *t. I, p.* 139-44; Collombet, Hist. de l'égl. de Vienne, *t. II,
p.* 433-8; *cf.* Chorier, *p.* 409); *le même jour, nomination de Pierre Colongier,
de Lyon, comme maître de la monnaie de Romans* (Chevalier, Ordonn. *cit.,*
n° 52) ; *le* 5 (*cf.* Theod. de Niem, Vita Joh. XXIII, *l.* iii, *c.* 23), *attribution
des droits souverains à Louis de Poitiers, comte de Valentinois* (reg. du chât.
de Peyrins, n° 55). *Passant par Montluel, Sigismond érigea à Chambéry, le*
19 *févr., le comté de Savoie en duché et en investit, le* 20, *Amédée VIII* (Geor-
gisch, Regesta chronol.-diplom., *t. II, c.* 943, n°* 7-8); *c'est aussi de cette
ville qu'il confirma tous les droits des églises et monastères de Vienne* (Chorier,
l. c.). *On avait espéré son retour à Constance en septembre* 1415 (Martene,
c. 1658); *lui-même l'avait ensuite annoncé pour la Pentecôte* 1416 (id., *c.*
1663). *De Chambéry il prit par Moulins, Nevers et Melun* (E. Windeck, *c.*
71) *la route de Paris, où il fit une entrée solennelle le* 1ᵉʳ *mars* (Jean Juvénal
des Ursins, Hist. de Charles VI, *dans* Michaud *et* Poujoulat, *t. II, p.* 529').
De Saint-Denis, le 13 *avril, il ordonna au prévôt général des monnaies d'as-
surer la jouissance de Pierre Colongier* (Chevalier, Ordonn. cit., n° 53).
*L'empereur passa ensuite en Angleterre, dont le roi, Henri V, devait l'atten-
dre à Calais le* 1ᵉʳ *mai* (Martene, *c.* 1662) : *une étude sur les rapports entre
ces deux princes, par M.* Max Lenz, *a paru à Berlin en* 1874. *Sigismond revint par la Zélande, la Hollande, l'Allemagne et Cologne* (Publ. de l'inst. de
Luxembourg, *t. XXV, p.* 212) *à Constance, où il entra en splendide appa-
reil le mercredi* 27 *janvier* 1417 (Struve, *p.* 695). *Peu de jours après, le* 8
*février, il manda à l'archevêque de Vienne, Jean de Nant, d'ordonner aux
vassaux de l'Empire de venir lui rendre hommage à la Pentecôte* (Chevalier,
Ordonn. cit., n° 54). *Ces actes de suzeraineté, exercés par l'empereur dans
nos contrées, ne purent que déplaire au souverain réel. De La Haye, le dauphin Charles (VII), qui venait de succéder à son frère Jean, s'en plaignit, le*
12 *avril* (1417), *aux gens de son conseil à Grenoble* (Bibl. de Grenoble, mss.
de Guy Allard, *t. XII, f*° 52, orig.; *cf. f*° 65 et *t. VI, f*°ˢ 396 et 416; H.
Morins[-Pons], Numism. féod. du Dauph., *p.* 225-6). *Sigismond confirme-
ra encore à Constance, le* 9 *janv.* 1419, *à l'archevêque de Vienne les droits
régaliens et l'archichancellerie des royaumes de Bourgogne et d'Arles* (Archiv.
de l'évêché de Grenoble, orig.).

rentius de Ecclesia, Petrus Garini, Bartholomeus Frogionis, Anthonius
Sibelini et Gonetus Mistralis, consules et cindici dicte universitatis. . . .,
volentes bonam fidem agnoscere supranominatis, precipiunt ac mandant
Gauffredo de Maladeria, civi Viennensi, receptori deputato per eosdem
cujusdam tallie nuper in dicta civitate fieri, perequari et levari ordinate usque ad summam mille quingentorum florenorum auri, quatenus tradat et
assignet dictis Gonono Escofferii, Rugueto Payrolerii, Jacobo Constagni
et Armando Feucherii ex causis premissis, videlicet cuilibet ipsorum
quinquaginta scutos auri. . . . . . . Actum Vienne. . . . .

E 1

Anno Domini M⁰ IIIJ•XLVJ⁽ᵗ⁾ *(1447)*et die lune xxiij januarii, hora quarta
post meridiem ipsius diei, dominus dalphinus Viennensis 2 intravit infra
civitatem Vienne, cum pulcra societate militum et scutifferorum, et bur-
genses et cives dicte civitatis Vienne iverunt sibi ad oviam eques usque ad
motam de Mirflaut, que est ultra montem Roserium; et ibidem nobilis Oy-
sias Janini, correarius dicte civitatis pro dno Ludovico de Pictavia, electo
archiepiscopo Vienne, dictos burg(ens)es et cives prefato dno dalphino
presentavit, et reverenciam eidem fecerunt. Post modum, ipso dno dalphino
Viennensi existente et eodem logiato in domo archiepiscopali Vienne, anno
et die predictis, post Ave Marias 3, dictus correarius presentavit consul-

1. Hec est papirus negociorum comunitatis civitatis Vienne, incohacta
die vicesima prima mensis decembris, anno Domini mill'io quatercen^mo
tricesimo septimo, per me Jacobum Combeti, notarium Viennensem, secretarium dicte civitatis. . . . . *(BB. 5), f° IXxx.*
2. *Né en 1423, Louis (XI), fils de Charles VII, fut mis en possession du
Dauphiné le 28 juil. 1440* (Archiv. de la préfect. de l'Isère, *B. 3180), avec
plusieurs alternatives de révocation et de confirmation de la part de son père
(ibid., B. 3179 et 3181).*
3. *La coutume de réciter trois fois l'Ave Maria à l'heure du couvre-feu
remonte au pape Jean XXII* (Ducange, Glossar. med. et inf. latin., *éd. Hen-
schel, t. I, p. 255^c). Des textes antérieurs à celui-ci et au docum.F se trouvent
dans les* Archiv. commun. de Romans : — *(Comptes de 1392-7, f° IXxx xvij
v°, 10 janv. 1393)* Solvat Jacobo Bruni, consandico... : item solvit Guil-
lelmeto, maniglerii Sancti Bernardi, die Natalis Domini proxime preterita,
pro vino eidem dare promisso causa sonandi in aurora in clocherio
Sancti Bernardi Ave Maria, sonandi noviter ordinata. *En marge :* Tran-
seat..., tamen decetero nichil solvatur maniglerio. *(F• XIIxx 14 r°)* Solvit... Guillermeto, maniglerii S¹ Bernardi, pro pulsendo campanam in
clocherio et eciam Ave Maria noviter ordinata. *(F° 303)* Comissarii stete-
runt in predicta domo (comuni universitatis ville Romanis) usque ad sonum campane seralis, alias *lo seyn.* — *(Délibérations de 1443-9, f° 10, 19
sept. 1434* [1443?]) Pro custodia ville. . . . statuitur quod. . ., qui erit in
custodia porte, interesse teneatur in Ave Maria et stare usque ad Ave Maria nocturna... Pariter de custodibus noctis, interesse debeant hora Ave
Maria et non recedere donec Ave Maria. . . . Item et *lo rechargat* ad idem
intersit personaliter dicta hora et non recedere donec Ave Maria matutina.
(F° 11, 1ᵉʳ octob. 1434 [1443?]) Pro tuhicione dicte ville. . . Quarum por-

les dicte civitatis predicto dno dalphino : qui consulles erant associati cer-
tis burgensibus. Et in dicta domo archiepiscopali Vienne, in camera bassa
que est supra auditorium curie officialis Vienne, ipsi obtulerunt et presen-
taverunt dicto domino nostro dalphino et eidem dederunt nomine dicte
civitatis, videl. quatuor duodenas facium seu torchiarum ad bacullos, tres
duodenas olobostium conficture et duas caudas vini, quarum una erat vini
albi, alia clareti, quia ita fuit deliberatum per dictos consules, de consilio
sanioris partis dicte civitatis.

F 1

Anno Domini Mᵒ IIIJᶜ LXXXIIJ et de mense augusti 2, obiit dominus
noster rex, dalphinus Viennensis, comes Valentinensis, dominus Ludovicus, Dei gratia Francorum rex, et successit eidem dominus Karolus, rex
modernus, quem Deus omnipotens longeve et feliciter regnare dignetur.

Anno Domini Mᵒ IIIJᶜ LXXXX et die mercuri prima mensis decembris,
intravit idem dominus noster rex dalphinus civitatem Vienne 3, pro te-
nendo Tres Status ibidem mandatos, de nocte circa horam Ave Maria 4.

Jovis secunda dicti mensis, de mane, in prioratu Sancti Petri, ubi tene-
bantur Status, presidente domino Sancti Anthonii 5, in logia domini Sancti
Vallerii, magni senescallis Provincie 6, convocatis gentibus Statuum, fuit
oppinatum de dono fiendo eidem domino nostro regi dalphino et de res-
ponsione fienda in promptu eidem domino nostro regi dalphino.

Eadem die, hora vesperorum, in domo domini archiepiscopi 7, ipso domino nostro rege dalphino presente, cum assistentia domini Breyssie, gubernatoris 8, et maxime nobilitatis comitive dicti domini nostri regis dalphini, fuit facta arenga per dominum chancellarium 9 et presentacio doni
graciosi, et dati ibidem eidem domino nostro regi dalphino, more solito,
XXtl mille franchi.

---

tarum appercio ordinatur fieri tantum hora Ave Maria et clausura nocturna hora Ave Maria, et ab hora Ave Maria usque ad aliam non apperi-
antur sub formidabili pena.

1. Archives commun. de Die, *BB.* 1, fᵒ 25.
2. *D'abord* : et die (xxx) mensis a-i.
3. *D'abord* : Dye.
4. **Nous avons publié le récit de cette entrée et la description des fêtes qui**
suivirent dans la Revue du Dauphiné (*1881*, t. V, p. *25-36*; tir. à part, p.
5-17), *d'après le ms. B. 2966 (fᵒ IIIJᶜ xlvj des Archives de la préfect. de l'Isère,*
collationné sur l'édition donnée par M. P. ALLUT (*Lyon, 1850) d'après le ms.24*
(*nᵒ 77*) *de la Biblioth. de la fac. de médec. de Montpellier.*
5. *Antoine de Roquemaure, créé cette année même abbé de Saint-Antoine,*
mourut à Tours le 20 octobre 1493.
6. *Aymar de Poitiers* (*voir plus haut*, Grenoble, *docum.* A).
7. *Alors Ange Cato de Supino, qui accompagna Charles VIII en Italie.*
8. *Philippe de Savoie* (*voir plus haut*, Grenoble, *docum.* A).
9. *Guillaume de Rochefort, nommé chancelier de France par Louis XI*
le 12 mai 1483, confirmé par Charles VIII le 22 sept. suiv., mort le 12 août
1492 (ANSELME, *op. cit., t. VI, p. 412-3*).

Veneris tercia dicti mensis, tota die fuit oppinatum per gentes Statuum de dono fiendo eidem domino nostro regi dalphino, pro suo jocundo adventu, et finaliter conclusum quod darentur eidem XXti mille floreni 1 monete currentis.

Sabbati quarta decembris, fuerunt presentati dicti XXti mille floreni, dati pro jocundo adventu eidem domino nostro regi dalphino per gentes Statuum, et tradita gravamina patrie domo chancellario.

Eadem die, de nocte, fuerunt commissi pro claudendo Status certi nobiles et consules civitatum et villarum Dalphinatus, et ego fui unus ex commissis, et eciam pro taxando vaccaciones factas pro presenti patria Dalphinatus anni presentis.

Die dominica quinta decembris, tota die in camera ubi erat dominus de Valleserris, vaccaverunt omnes commissi ad concludendum Status et taxandum vaccationes, et ego cum eis.

Et fuit calculatum quod, tam donum factum eidem domino nostro regi dalphino de xxti mille franchis quam xxti mille florenis pro jocundo adventu, quam omnes vaccaciones et alia tangencia negocia patrie ascendebant ad summam in universo XXXIIJm lib. VJc Lxxviij franch. xv s.iiij d. T.

Et sic computatis IIIJm Vc Lxxxxix focis et ascendit tailhium pro quolibet foco ad vij lib. vj s. iiij d. pict., in moneta currente ad xii flor. ij g. iiij d.

Lune sexta decembris, fuimus omnes commissi coram dom• chancellario, pro reparacione gravaminum patrie et h(ab)ui(m)us bonam responsionem. Et fuit conclusum quod remaneret dominus Montis Eynardi 2 pro provisione habenda super ipsis gravaminibus, et inde quilibet recessit et fuit finis ipsorum Statuum, me Barrachino Reymundi, notario auctoritate dalphinali constituto curiarum Dyensium jurato, secretario predictarum curiarum Dyensium subsignato, in premissis assistente.

Ita est : B. REYMUNDI.

G

DELIBERACIO FACTA PRO JOCUNDO ADVENTU DOMINE NOSTRE REGINE 3.

Hodie decima octava februarii millesimo quatercentesimo nonagesimo tercio (1494), honorabilibus viris Johanne de Sancto Eugendo, Andrea de Nyvro, Petro Oliverii, Johanne Bergonionis, Petro d'Anton, Johanne Dandorerii, Sancti Severii Vienne, consulibus presentis civitatis, simul in domo ville congregatis et coadunatis ad fines provisionem, statum et conductum honorabiles dandi et statuendi de et super adventu domini nostri Caroli, Franchorum regis, dalphini Viennensis, comitisque Valen-

---

1. *D'abord* : franchi.
2. *Hector de Monteynard, dont le père avait fait son testament le 24 févr. 1490 et qui mourut assassiné à Milan au mois d'aoút 1500* (Cartul. monast. de Domina, *Lugd. 1859, p. xliij).*
3. Hic seriatim describitur sequencia actorum et negociorum hujus civitatis Vienne, per me Anthonium Bernete, notarium publicum et dicte civitatis secretarium, receptorum (BB. 1l), *f° xxiij r°.*

taensis et Dyensis, ac magnificce domine. nostre regine, ejus consortis 1, de proximo fiendo ; ipsi enim consules mandaverunt congregari nobiles et alios honorabiles cives et habitatores dicte civitatis, saltem majorem partem, per Guillierminum Noe, servientem et preconem publicum dicte civitatis, eorum mandatorem...... Et inde comparuerunt......, qui omnes.. opinati sunt quod fiat preparacio neccessaria tam pro pecuniis mutuo recipiendis pro ipso jocundo adventu et dono eidem domine nostre regine fiendo, quam aliis personagiis et ystoriis et aliis circa hec necessariis fiendis, prout possibilitas civitatis snadebit.

ALIA DELIBERACIO PRO JOCUNDO ADVENTU DOMINE NOSTRE REGINE 2.

Anno Domini millesimo quatercentesimo nonagesimo tercio ab Incarnatione sumpto (*1494*) et die septima marcii, congregatis in aula domus civitatis Vienne honorabilibus viris Johanne de Sancto Eugendo, Andrea de Nyvro, Johanne Ogerii, Petro Oliverii, Catherino de Maladeria, Johanne Guillieti et Petro d'Anton, consulibus, pro conferendo cum pennoneriis, banneretis et aliis civibus dicte civitatis, de modo habendi pecunias pro jocundo adventu xpistianissime regine Franchorum, fiendo infra paucos dies in presenti civitate Vienne, prout publice fertur. Et ad mandatum ipsorum consulum ibidem venerunt....; fuerunt oppinionis quod dicti consules mutuo accipiant ab aliquo cive hujus civitatis ducentum scuta....

Nota o(b)ligacionis ducentum scutorum auri (novorum regiorum) pro nobili Jacobo Costagni, mutuo traditorum consulibus Vienne pro jocundo adventu domine nostre regine (*18 mars 1493/4, avec quittance du 16 mars 1497*).

H

DE ADVENTU DOMINI COMITIS DE FOYS, GUBERNATORIS DALPHINATUS 3.

Die undecima mensis februarii (*1497/8*), in aula domus civitatis Vienne, ubi fuerunt congregati egregius et honorabiles viri domᵉ Nycolaus Renaudi, Hugo Mutini, Glaudius de Martello, Johannes Passardi, Andreas Beccati et Johannes Nugo, consules dicte civitatis, secum assistentibus convocatis quamplurimis nobilibus, civibus, banneretis quam pennoneriis dicte civitatis ; qui, inquam, dni consules voce prefati dni Renaudi retulerunt prefatum dominum comitem gubernatorem Dalphinatus 4 de pro-

---

1. *Nous avons également publié la joyeuse entrée de Charles VIII et d'Anne de Bretagne à Vienne, le 29 juillet 1494, dans la Rev. du Dauph. (t. V, p. 37-9 ; tir. à part, p. 18-20), d'après une copie du texte inséré dans ce reg. BB. 11, fᵒ xxx.*
2. *Fᵒ xxiiij rᵒ et vᵒ.*
3. *Ibid., fᵒ 75 vᵒ.*
4. *Jean, comte de Foix (voir plus haut, Grenoble, docum. A).*

ximo venturum, unde est per multum expediens eum recipere tam honoriffice quod fieri poterit, juxta morem fieri in talibus solitum. Super quibus
dicti dni consules pecierunt haberi relacionem a prefatis astantibus : qui
retulerunt unus post alium. Quibus relacionibus factis, prefati dni consules concluserunt, videlicet quod fiat congregacio in bono numero de
personis plus apparentibus, que sint in bono statu parate, pro eundo ad
adventum prefati domini gubernatoris die qua voluerit intrare civitatem ;
et inde, ipso applicato, fiat sibi donum de sex vasis vini, cujuslibet tenoris
trium somatarum, de duodecim boytis dragee et duodecim facibus cere.

I

Electio pro consistendo in Tribus Statibus de proximo
Vienne tenendis 1.

Die decima quinta mensis maii (*1500*), in aula domus civitatis Vienne,
ubi erant congregati egregius et honorabiles viri dom. Johannes Gautere-
ti, nobilis Vitalis de Ecclesia, Stephanus Vialis, Joffredus de Monlis, Vin-
centius de Ecclesia, Guillelmus Collas, consules dicte civitatis ; ipsi, inquam, dni consules inter se elegerunt prefatum nobilem Vitalem de Ecclesia, consulem, pro assistendo in Tribus Statibus de proximo Vienne te-
nendis, juxta formam licterarum dominorum de parlamento transmissa-
rum. . . . .

Qui Tres Status ibidem Vienne fuerunt tenti, videlicet in reffetorio monasterii Sancti Petri foris portam Vienne, incepti die sabbati xvj maii,
ubi fuerunt presentes domini gubernator Dalphinatus , ejus locumtenens 2, cum quamplurimis nobilibus hujus patrie Dalphinatus.

Presidens Trium Statuum fuit dominus abbas Sancti Anthonii 3 et du-
raverunt usque in diem lune sequentem inclusive.

Et fuit facta altercacio super eo quod dni consules Vienne habent primam vocem omnium aliorum consulum, cui se opposuerunt consules Gra-
tionopolis, dicendo quod postquam sunt ibi Vienne debent habere primam
vocem, sicut et dni consules Vienne habent Grationopoli : tamen fuit conclusum et ordinatum per dnum gubernatorem quod, postquam ipsi dni
consules Vienne sunt in possessione habendi primam vocem in quocum-
que loco sive in Dalphinatu sive in regno Francie, quod in eorum possessione remaneant et remanere debeant, prout et fecerunt.

---

1. *Ibid.*, *f* 100 *v*.
2. *Antoine de Grolée-Mévouillon, lieutenant de Jacques de Miolans le 19*
oct. 1491, *fut chargé de l'intérim du gouvernement du Dauphiné le 10 janv.*
1501 *et mourut en* 1505.
3. *Théodore Mitte de St-Chamond (voir plus haut, Grenoble, docum. A).*

J

Extrait du

Voyage de l'archiduc d'Autriche, Philippe le Beau, en Espagne, en 1501-3, par Antoine de Lalaing, seigneur de Montigny [1].

Ce chapitre onziesme parle du pont de Sorghe, et coment Monsigneur fu rechupt a Orenge, et a Montelimaire et a Tournon ; du lieu ou Pilate nasquy, et comment on le rechupt a Vienne; de la cité de Vienne ; de la thour de Pilate, et de la thour portée en une nuyt xiiii lieues par art diabolicque, etc.

Le mardi, xiiiiᵉ de mars (*1503*), Monsigneur partist d'Avignon et alla disner à deux lieues de là, à la ville nommée le Pont de Sorghes.......
Après disner alla Monsigneur à giste à Orenge, deux lieues dudict Pont....

Le merquedi (*15 mars*) passa Monsigneur le pont sur la rivière de Egge [2], à demie lieue d'Orenge, et disna, trois lieues de là, à ung petit vilage anobli d'ung très beau pèlerinage et de la chapelle nommée Nostre-Dame de la Plancque [3], où Dieu, pour sa glorieuse mère, faict maints beauls miracles. Et est ce lieu à une lieuette d'une ville de Languedocq appellée le Pont-Sainct-Esprit, laquèle est fort bone, du grandeur de Cambray, assise sur le Rosne. Et après disner chemina deux lieues et logea à Pierrelatte, meschante villette, séante au Daulphiné. La ville et le chasteau sont au duc Valentinois, et y a meschant logis ; et fu Monsigneur logié aux faulxbourgs, à l'Escu de France. Et notés que

---

1. *Publié par M.* Gachard, *[principalement d'après le ms. 7382 de la biblioth. roy. de Bruxelles, dans le t. I de sa* Collection des voyages des souverains des Pays-Bas *(Brux.* 1876, in-4°), *où les curieux passages qui* o ncernent *nos contrées occupent les pp.* 278-81 *(ce vol. nous a été fraternellement communiqué par le P. Ch. De Smedt, bollandiste). Sur l'auteur de cette relation, outre ce qu'en dit l'éditeur (p. v-xxiv), voir le récent article de M.* C. R. v. Höfler, Antoine de Lalaing, seigneur de Montigny, Vincenzo Quirino und Don Diego de Guevara als Berichterstatter über König Philipp I, *dans les* Sitzungsber. d. k. Akad. d. Wissensch. in Wien, phil.-hist. Classe (1883), *t. CIV, p.* 433-510 *(cf. Görres-Gesellsch., V, 483-4).*
2. *Aigue,* Aygues *ou* Eygues, *rivière qui prend sa source dans la commune de Laux-Montaut (Drôme) et se jette dans le Rhône à 7 kilom. d'Orange.*
3. *Notre-Dame des Plans (de Planis) sur la paroisse de Montdragon. Ce pélerinage, jadis très-fréquenté, était à l'origine un monastère fondé par un évêque de St-Paul-Trois-Châteaux. Il fut uni, vers 1455, à celui de St-Pierre-du-Puy (faubourg d'Orange). L'abbesse, Cécile de Borne, en fit reconstruire l'église, qui fut terminée en 1474. Réfugié au Pont-St-Esprit, en 1536, le parlement d'Aix y tint plusieurs audiences. Détruit par les protestants en 1562 et années suiv., il fut supprimé et ses biens réunis à l'abbaye de Ste-Croix d'Apt (Gallia Christ. nova, t. I, c. 789-92 ;* Rose, Notice histor.. *sur ... Lapalud, 1854, p. 46-52 ;* [J. Chevalier], Manifest. relig. à Montélimar, *1872, p. 7).*

d'Órenge à Pierrelatte, de lieue en lieue, troeuve-on quatre villettes fre-
mées de la comté de Venice appartenante au pape 1.

Le joedi, xvie, print logis à Montelimaire, trois licues de Pierrelatte
assés bone villette, du grandeur d'Ath en Haynault, édifyée en très bon
et fertile pays. Les rues où Monsigneur passa estoient toutes tendues de
tapisseries et de draps. Ceuls de l'Eglise à la porte le rechuprent à croix
et à confanons, et estoient en la rue deux eschaffauls : chescun contenoit
deux sébilles 2, et chescune tenoit ung escripteau en latin bienveignant
Monsigneur. Là eult Monsigneur nouvelles que madame sa compaigne
estoit accouchié d'ung beau filz en la ville de Alcalla en Castille 3.

Le venredi, xviie de mars, disna Monsigneur à Lourion 4, trois lieues de
là, et prist giste à l'Estoile 5, ville du grandeur de Brayne, deux lieues de
Lourion, où le signeur de Sainct-Valier 6 le rechupt très amiablement, et
le logea et festoya en son chasteau, furny de bones tapisseries, et fist à
Monsigneur et aux siens très bone chière. Et à ung ject d'arbalestre de la
ville, en bas, y a une belle maison de plaisance, assise sur la rivière, et
ung parcq plain de dains, de cherfs et d'aultres bestes ; et y avoit des
ostrices 7 et ung cherf blancq.

Le samedi (18 mars) disna Monsigneur à Granges 8, à ung ject d'arcq
d'arbalestre de Valence en Daulphiné, ville du grandeur de Courtray,
assés bone, située en bon pays sur le Rosne ; et passa par dehors, pour
ce que la peste y estoit. Auprès passa le Rosne à bacq 9, et le plus de son
train print le droict chemin, et passèrent ceuls à bacq la rivière de l'Is-
sières10, moult grosse, et vient du Daulphiné et de Grenoble chéoir dedens
le Rosne. Et ceuls logèrent à l'Esteyen11, petite ville à l'opposite de
Tournon ; et est assés bone villette passagière, du grandeur de Songnies
en Haynault. Et Monsigneur fu, à Tournon, quatre lieues de l'Estoile,
rechupt de ceuls de l'Eglise, tous revestus, à croix et à confanons ; et fu
Monsigneur très-bien rechupt au chasteau du signeur du lieu, qui estoit
bien orné de tapisseries et de bone vasselle ; et siet au bas d'une montaigne
haulte et roide.

La suite à un prochain numéro.

1. *Ces quatre villettes sont sans doute Piolenc, Mornas, Montdragon et
Lapalud.* — 2. *Sibylles.*
3. *Ferdinand, né en effet à Alcala de Henares le 10 mars 1503, succéda
comme empereur à son frère Charles-Quint en 1556 et mourut en 1564.*
4. *Loriol.*
5. *Etoile : une description aussi avantageuse de cette résidence des seigneurs
de St-Vallier, rédigée vers 1442, se trouve dans notre Choix de docum.
histor. inéd. sur le Dauphiné (1874, p. 274-5).*
6. *Aymar de Poitiers (voir plus haut, Grenoble, docum. A).*
7. *Autruches.*
8. *Granges-lès-Valence, commune de St-Péray (Ardèche).*
9. *La trace de ce bac se trouve encore à 25 m. en amont du pont du Rhône
à Valence.*
10. *L'Isère.*
11. *Tain.*

Montbéliard, imp. P. Hoffmann. — 2,741.

www.ingramcontent.com/pod-product-compliance
Lightning Source LLC
Chambersburg PA
CBHW061623180626
46818CB00005B/2211